FRANK MARGERIN

LUCIEN SE MET AU VERT

collection HUMOUR
LES HUMANOÏDES ASSOCIÉS

F. margerin présente...
Ricky, Gillou et Lucien...
DANS:
LA VIRÉE EN MER
BONNE IDÉE D'ALLER S'FAIRE UNE PETITE VIRÉE EN BATEAU À JERSEY!
TING TING TING
LE MEC QUI NOUS FAIT LA TRAVERSÉE N'EST PAS VRAIMENT UN PROFESSIONNEL...
IL FAIT ÇA AU NOIR POUR SE FAIRE UN PEU DE FRIC MAIS IL ASSURE BIEN!..
SALUT! C'EST NOUS QUI DEVONS ALLER À JERSEY... ON PEUT EMBARQUER?
HA, C'EST VOUS, DÉJÀ? HEU...
ÇA NE VOUS EMBÊTE PAS DE REPASSER DANS QUELQUES HEURES...
HEU... ON NE POURRA PARTIR QUE LORSQUE LA MARÉE SERA HAUTE!..
PLUS TARD...
BIENVENUE À BORD LES GARS!
SALUT, JE M'APPELLE RICKY ET VOICI GILLOU ET LUCIEN...
TRÈS BIEN, JE LARGUE LES AMARRES ET ON Y VA!
DITES, PENDANT CE TEMPS Y EN A UN QUI PEUT DÉMARRER LE MOTEUR?
À VOS ORDRES CAPITAINE! JE DESCENDS À LA SALLE DES MACHINES!
KER HOZEINE
LAISSE, JE M'EN OCCUPE!
NON, PAS TOI! T'ES TROP MALADROIT, TU VAS TE FAIRE MAL!.. LAISSE-MOI FAIRE!
HO, ÇA VA GILLOU!
ET, PUIS LA MÉCANIQUE ÇA ME CONNAÎT!
REGARDE BIEN, LUCIEN! Y A UN COUP À PRENDRE!!
TCHOK
BRRR VROM POT POT
HOP!! DU PREMIER COUP!
ARRÊTE, LUCIEN!! J'L'AI PAS FAIT EXPRÈS J'TE JURE!!
POUT POUT POUT
1

UN PEU PLUS TARD...
HÉ! SYMPA CETTE PETITE BALADE!
IL FAUDRAIT BORDER LE FOC!
OÙ ÇA UN PHOQUE?
ATTENTION LES GARS! ON VA VIRER DE BORD!
LUCIEN, TU FERAS GAFFE À LA BÔME!
R HOZEINE
OÙ ÇA UNE B...
BOM!
MAIS?! TU AS LES DEUX YEUX AU BEURRE NOIR ON DIRAIT?!
HA! RAS L'BOL DE ME PRENDRE SANS ARRÊT DES COUPS!
SI VOUS VOULEZ MA PEAU DITES-LE MOI TOUT DE SUITE!
EN TOUT CAS TROUVEZ-VOUS UNE AUTRE VIGIE, MOI, JE DESCENDS ME METTRE À L'ABRI...
BOM
ATTENTION À LA TÊTE!
TIENS, ÇA A PAS L'AIR D'ALLER FORT POUR GILLOU...
OUAIS, IL A L'MAL DE MER!
JE VAIS MOURIIIIR BEUH...
BON, TOUT D'ABORD, NETTOYER LE PONT...
FAIS GAFFE LE SEAU VA ÊTRE LOURD À TIRER!
T'EN FAIS P... HA!!
HÉ!! LÂCHE TOUT!
UN HOMME À LA MER!

PEU APRÈS...
HA! HA! HA! SACRÉ RICKY!! TU ME FERAS TOUJOURS RIRE !!
GLA GLA GLA GLA
UN PEU DE CAFÉ CHAUD?
PFFF! QUEL CALME AUJOURD'HUI...
ZZZZ
BEUH..
J'VAIS METTRE LE "PILOTE AUTOMATIQUE" HISTOIRE DE PIQUER UN PETIT SOMME!
BRRROOOMM
BEN?.. IL FAIT DÉJÀ NUIT?.. HO?!
BRRRROOOOOMM
AÏE! AÏE! AÏE!
CLAC
AAAH!!
BLANG
GLANK BALANG
LING
CLANK
CLINK
BLIN
CLINK
AÏE! AÏE!
HO, C'EST DOMMAGE QUE VOUS N'AYEZ PAS VU LE BEAU PAQUEBOT QUI EST PASSÉ!

ENCORE QUELQUES HEURES PLUS TARD...
BON, D'APRÈS MES CALCULS NOUS DEVRIONS VOIR LA CÔTE DEMAIN MATIN!
PUTAIN, C'EST DINGUE! COMMENT TU FAIS POUR TE REPÉRER LÀ-DEDANS?!
C'EST RIEN, QUESTION D'HABITUDE, C'EST TOUT!..
BEN MOI ÇA M'ÉPATE ÇA!
TIENS, JE VAIS RELEVER LA LIGNE, DEPUIS L'TEMPS DOIT Y AVOIR UN TAS DE POISSONS!!
C'EST SUPER! Y A PAS À ALLER LOIN POUR TROUVER À MANGER...
BONNE NOUVELLE LES GARS!! C'EST PAS CE SOIR QU'ON S'ÉTOUFFERA AVEC UNE ARÊTE!
HA, TU POURRAS DIRE À GILLOU QUE J'AI RETROUVÉ SON BONNET!
LAISSE TOMBER RICKY, LE DÎNER EST SERVI!
C'EST UNE BONNE IDÉE ÇA, DE LA SOUPE... AVEC LE ROULIS!
PERSONNE NE T'EMPÊCHE DE MANGER TA "PÊCHE MIRACULEUSE"
SLURRP
JE TE DIS PAS SI ON CROISE UN AUTRE PAQUEBOT!
PUIS VINT LA NUIT...
DÈS QUE LE VENT SOUFFLERA, JE REPARTIRA DÈS QUE LES VENTS TOURNERONT NOUS NOUS EN ALLERONS
DE REQUIN!..
ET LE LENDEMAIN...
TERRRRE EN VUE!
AÏE!
BOM
HEIN?!
MAIS?! C'EST PAS POSSIBLE... ON EST REVENU SUR NOS PAS!!
MAIS OUI, T'AS RAISON... JE RECONNAIS MÊME LE VIEUX SUR LA BITE D'AMARRAGE...
BOM
C'EST EMBÊTANT, JE VAIS DEVOIR VOUS FAIRE PAYER UN SUPPLÉMENT POUR LE RETOUR!..
QU'EST-CE QUI.. AÏE!
REGARDEZ CHEF, IL SE PASSE DES CHOSES BIZARRES SUR LE BATEAU LÀ-BAS...
NDARMERIE MARITIM
FAITES MOI VOIR ÇA, LEBIHAN!
BON SANG!! UNE MUTINERIE!
FIN

F. MARGERIN présente :
LUCIEN, GILLOU RICKY & RITON
DANS :
Les 100 CV
ou les vingt cinq 4CV DU HAVRE...
TIENS, V'LA GILLOU ! DIS DONC, IL A L'AIR PLUTÔT EXCITÉ AUJOURD'HUI !
HA ! VOUS ÊTES LÀ ?! J'VOUS CHERCHE PARTOUT ! VOUS SAVEZ PAS LA DERNIÈRE ?
TENEZ-VOUS BIEN, IL PARAIT QUE CETTE SEMAINE ON A DÉBARQUÉ AU HAVRE UN LOT DE VINGT CINQ 4CV TOUTES NEUVES... ELLES ÉTAIENT STOCKÉES À L'ÉTRANGER DEPUIS PLUS DE TRENTE ANS !
ARRRRÊTE !!
DES 4CV RENAULT COMME AVAIENT NOS PARENTS AUTREFOIS ?!
OUAIS, VOUS VOUS RENDEZ COMPTE ?.. ET IL PARAIT QU'ELLES N'ONT JAMAIS ROULÉ ! J'TE JURE, TOUT LE MONDE EN PARLE !
D'ACCORD MAIS ELLES DOIVENT COÛTER LA PEAU DES FESSES ! MAINTENANT CE SONT DES VOITURES DE COLLECTION !
JUSTEMENT NON ! IL PARAIT QU'ELLES NE SONT À VENDRE QUE CENT SACS !
CENT SACS ?! MAIS C'EST DONNÉ ! FAUT PAS LAISSER PASSER ÇA !! C'EST L'AFFAIRE DU SIÈCLE !
J'LES AI DÉJÀ, J'AI VENDU MA GRATTE !
VA FALLOIR QUE JE TAPE MES VIEUX !
Le bal
ON SE RETROUVE DANS UNE HEURE À LA GARE AVEC LES TUNES !
PLUS TARD...
J'LA PRENDRAI VERTE... NON, PLUTÔT BEIGE !
SI Y EN A, J'EN PRENDRAI UNE QUI SOIT DÉCAPOTABLE, MOI !
POUR ROULER DANS PARIS C'EST SUPER ! PARAIT QUE C'EST VACHEMENT NERVEUX !
ÇA VA ÊTRE LE GANG DES 4CV HA ! J'TE DIS PAS LA CRISE !
AU RETOUR, ON VA SE TIRER UNE BOURRE MONSTRUEUSE, J'TE RACONTE PAS !
LE HAVRE
T'ES CON ! ELLES SONT ENCORE EN RODAGE, FAUDRA Y ALLER MOLLO !
AU FAIT, TU SAIS OÙ C'EST ?
BEN, PAS VRAIMENT, MAIS J'PENSE QU'ELLES DOIVENT ÊTRE AU PORT !
SUR LES QUAIS...
MAIS NON, Y A QU'À DEMANDER À UN MEC !
HUM ! ÇA SENT LA GALÈRE TON HISTOIRE !
OUAIS ILS DOIVENT ÊTRE AU COURANT !

HEU... PARDON M'SIEUR, VOUS N'AURIEZ PAS ENTENDU PARLER DE 4CV ?
OUI, TOUT UN LOT DE 4CV TOUTES NEUVES QUI VIENDRAIT D'ARABIE !
ET QUI SERAIT ENTREPOSÉE ICI !..
SI J'EN AI ENTENDU PARLER ?!
WHISKY
HÉ, LES GARS !! V'LA ENCORE DES MECS QUI CHERCHENT DES 4CV !!
ARRÊTE !! NE FAIS PAS MARRER !!.. C'EST LOURD !
HA! HA! HA!
BATEAU
CE SONT BIEN LES TRENTIÈMES QUI NOUS DEMANDENT ÇA !
DÉSOLÉ LES GARS MAIS ON VOUS A RACONTÉ DES CONNERIES... Y A JAMAIS EU DE 4CV NEUVES ICI !
QUOI !! ON A FAIT TOUT CE TRAJET POUR RIEN ?! RETENEZ-MOI, JE VAIS LE TUER !
ON VA PASSER POUR DES CONS !! J'AI RACONTÉ L'HISTOIRE À TOUT LE MONDE !
Z'ÊTES MARRANTS ! J'POUVAIS PAS SAVOIR, MOI !
REMARQUEZ, DES 4CV, DOIT Y EN AVOIR DANS LA CASSE À CÔTÉ...
CALMEZ-VOUS !! LA VOILÀ LA SOLUTION... ON VA SE PAYER UNE 4CV À LA CASSE ET AVEC LE FRIC QUI RESTERA, ON SE LA REFERA NICKEL... COMME ÇA, TOUT L'MONDE CROIRA QU'ON A FAIT UNE SUPER AFFAIRE !..
PLUS TARD...
TIENS, ÇA ME RAPPELLE DES MAUVAIS SOUVENIRS, PAS VOUS ?..
Z'AVEZ D'LA CHANCE, C'EST MA DERNIÈRE 4CV !
HA, NON ! ELLE EST MOINS POURRIE QUE LA CAD' DE LUCIEN !
TU PARLES !
OCCASION
TU T'ARRÊTERAS AU BOUT DE LA RUE, S'TE PLAÎT, J'AI DÉJÀ MAL AU COEUR !
DE TOUTE FAÇON, ELLE IRA SÛREMENT PAS PLUS LOIN...
FERRA
VOUS DÉCONNEZ, C'EST INCREVABLE UNE 4CV... NORMALEMENT...
PÉT VROOP PÉT VROOP PÉT
100 HH
HÉ! HÉ! EN UNE SEMAINE, J'AI REFOURGUÉ TOUT MON LOT D'ÉPAVES DE 4CV... EFFICACE MON IDÉE, J'EN REVIENS PAS !
ET MAINTENANT, JE SENS QU'ON NE VA PAS TARDER À PARLER D'UN ARRIVAGE DE 203 NEUVES...
FIN
2

F. MARGERIN
PRÉSENTE:
LUCIEN
DANS:
SILENCE ON TOURNE
HEU... BONJOUR M'SIEUR JE VIENS POUR LE RÔLE DE JOHNNY ROCK, LE CHEF DES "SCORPIONS"
PARFAIT, ALLEZ VOIR LA MAQUILLEUSE ET RENDEZ-VOUS SUR LE PLATEAU TOUT À L'HEURE!
HUM... C'EST VOUS LA MAQUILLEUSE? HEU... S'CUSEZ-MOI!!
DANS LE FILM, JE SUIS JOHNNY ROCK ALORS...
TRÈS BIEN, ASSEYEZ-VOUS, JE SUIS À VOUS TOUT DE SUITE!
HÉ! DOUCEMENT!! QU'EST-CE QUE VOUS ALLEZ ME FAIRE?!
PSHHH
ALLONS! VOUS NE POUVEZ PAS GARDER UNE BANANE AUSSI RIDICULE TOUT DE MÊME!
HA, NON!! ÇA SUFFIT! VOUS N'ALLEZ PAS ME MAQUILLER COMME UNE GONZESSE?!
JUSTE UN PEU DE POUDRE, AU MOINS!
APRÈS, VOUS IREZ À CÔTÉ VOIR LE COSTUMIER!
JOHNNY ROCK? VOILÀ, C'EST CELUI-LÀ!..
VOUS AVEZ DE LA CHANCE, CE BLOUSON EST MAGNIFIQUE!
HEIN?! JE SUIS OBLIGÉ DE METTRE ÇA?... J'PEUX PAS RESTER COMME ÇA?!
J'AI JAMAIS VU UN BLOUSON AUSSI RINGARD! C'EST DU SKAÏ BLANC VÉRITABLE!..
BONJOUR LA CLASSE!
ET PUIS IL EST TROP GRAND!
UDIO
2
QUANT AUX POMPES ET AU FUTAL C'EST PAS MIEUX!
HA, SUPER!! UNE BUVETTE! JE CREVAIS DE SOIF!
?!
MAIS?!.. MAIS?! C'EST PAS VRAI?!
?
COUPEZ! QUE VIENT FAIRE CE CRÉTIN DANS LE CHAMP?!

TU RESTES LÀ POUR L'INSTANT !.. ON T'APPELLERA QUAND ON AURA BESOIN DE TOI !
SCORPIONS
MALAKOFF
ROCK
VOILÀ LE SCÉNARIO, TU VERRAS COMME ÇA QUEL EST TON RÔLE DANS LE FILM !
HÉ, BEN ! C'EST UN NERVEUX CELUI-LÀ ! VA FALLOIR FILER DOUX !
BON, VOYONS CE FAMEUX SCÉNARIO, D'ABORD !
HA ! VOILÀ ! JOHNNY ROCK...
HEIN ?!
...ENTRE DANS LE BAR ET SE PREND UNE CHAISE SUR LA TÊTE DANS UNE BAGARRE !!
ÇA VA PAS ?!
ENCORE LUI ?!
HEU.. S'CUSEZ-MOI MAIS VOUS TENEZ VRAIMENT AU COUP DE LA CHAISE ?..
C'EST PAS UN PEU DANGEREUX ?
HAAA !! COUPEZ !!
MAIS TU L'FAIS EXPRÈS OU QUOI ?! TU VOIS PAS QU'ON TOURNE, NON ?!
QUANT À LA CHAISE, ELLE EST EN BALSA, CRÉTIN !
SCORPION
MALAKOFF
ROCK
EN BALSA ? HA, BON ! ÇA CHANGE TOUT !
DANS CE CAS, C'EST D'ACCORD.. JE VEUX BIEN !
IL EST MALADE CE TYPE !.. C'EST VRAI, ON S'CONTRÔLE, QUOI ! ET ÇA FAIT DES FILMS, ÇA ?!
ON CROIT RÊVER !
SILENCE !! MOTEUR DEMANDÉ !
MOTEUR !
LE BASTON 3ème
CLAP
BON, VOUS C'ÉTAIT PARFAIT ! CONTINUEZ EXACTEMENT COMME TOUT À L'HEURE... ALLEZ-Y !
Y A UN TRUC QUI M'INQUIÈTE ...
ET SI JAMAIS ILS SE TROMPAIENT DE CHAISE ?.. BONJOUR LES DÉGATS !
HÉ, TOI LÀ ! DIS, TU ME CHERCHES ?
ROCK
PSSST !.. C'EST ENCORE MOI... JE M'EXCUSE !
DITES, VOUS F'REZ GAFFE TOUT À L'HEURE DE PAS VOUS TROMPER DE CHAISE, HEIN ?! VOUS DÉCONNEZ PAS ?!
ALLEZ, JE VOUS LAISSE NE VOUS DÉRANGEZ PAS !

J'AI EU L'IMPRESSION D'ENTRER AU "GIBUS"...
OU PLUTÔT D'EN SORTIR!.. C'EST UNE BÊTE CE MEC!
VLAM
PSCHIIII
S'IL RECOMMENCE JE LUI CASSE LA CAMÉRA SUR LA TÊTE!!
CALMEZ-VOUS!
LE LÂCHEZ PAS SURTOUT HEIN!
NON, IL A COMPRIS!! IL ATTENDRA SAGEMENT QU'ON L'APPELLE! C'EST LUI QUI L'A DIT!
DEUX HEURES PLUS TARD...
PFFF! C'EST LONG! ATTENDRE LA JOURNÉE POUR TROIS MINUTES DE TOURNAGE!
HA, J'TE JURE, FAUT PAS ÊTRE PRESSÉ!
ET RICKY ET GILLOU QUI DOIVENT M'ATTENDRE POUR DÉJEUNER... FAUDRAIT QUE JE PUISSE LES PRÉVENIR PAR TÉLÉPHONE MAIS SI JE BOUGE D'ICI, JE PEUX ÊTRE SÛR QUE SE SERA JUSTE QUAND IL FAUDRA PAS!
JE TIENS PAS À PERDRE CE RÔLE POUR UN COUP DE FIL!..
BON, CES DEUX HEURES DE PAUSE M'ONT CALMÉ ET APPAREMMENT IL A COMPRIS, ON L'A PAS REVU!
ALORS ALLONS-Y! ON REMET ÇA!
ET VITE! NOUS AVONS ASSEZ PERDU DE TEMPS COMME ÇA!
À CE MOMENT LÀ ...
MAIS AU FAIT, IL Y A SÛREMENT UN TÉLÉPHONE DANS LE CAFÉ!
Y A QU'À DEMANDER POLIMENT SI J'PEUX M'EN SERVIR!..
UNE HEURE PLUS TARD...
IL EXAGÈRE LE PÈRE LUCIEN! IL AURAIT PU NOUS PRÉVENIR QU'IL NE POURRAIT PAS VENIR!
TU PARLES, CE MATIN IL TOURNAIT DANS UN FILM, ALORS MAINTENANT MONSIEUR DOIT AVOIR LA GROSSE TÊTE!
FIN

F. Margerin présente :
LUCIEN et RICKY
dans : HISTOIRE DE LAIT...
HÉ ?! OÙ ALLEZ-VOUS ? ATTENDEZ-MOI !
ON VA CHERCHER DU LAIT À LA FERME
ON REVIENT TOUT DE SUITE !
TU ME LAISSERAS PARLER PARCE QUE AVEC LES PAYSANS FAUT FAIRE PREUVE DE DIPLOMATIE TU COMPRENDS...
ÇA VA, J'SUIS PAS DÉBILE !
NON, MAIS TU AS LE DON DE METTRE LES PIEDS DANS LE PL... AH !!
VEINARD ! C'EST LE PIED GAUCHE !
MAIS MERDE ! ILS PEUVENT PAS APPRENDRE LE CANIVEAU À LEURS VACHES ?!
GRRR WOUAH WOUAH
PASSE DEVANT LUCIEN !
HUM ! J'ESPÈRE QUE LA CHAÎNE DU CLÉBARD EST SOLIDE...
CLAC WOUAH ! WOUAH ! GRRR
BONJOUR M'SIEUR... ON PEUT ENTRER ?!
?
QU'EST-CE QUE C'EST ?! COUCHÉ REX !
FAUDRA ACHETER UNE CHAÎNE PLUS SOLIDE PARCE QUE CELLE-LÀ, QUELLE CAMELOTE !
TA GUEULE RICKY ! IL EST COSTAUD VOT' CHIEN !
C'EST POUR QUOI ?!
S'CUSEZ-NOUS MAIS ON CAMPE PAS LOIN ET ON PASSAIT PAR LÀ...
1

ET PUIS ON A VU VOTRE SUPERBE FERME, ALORS...
VOUS DEVEZ AVOIR DE BELLES VACHES AUSSI N'EST-CE PAS?
ON S'EST DIT QUE COMME ON ÉTAIT "VOISINS" CE SERAIT SYMPA DE VENIR VOUS SALUER!
BEN, MA FOI...
ALLEZ, VOUS BOIREZ BIEN UN P'TIT COUP LES GARS?
À 10 HEURES DU MATIN? HEU... MERCI BIEN!
MAIS SI! MAIS SI! C'EST PAS D'REFUS!
BON.. BEN ALORS JUSTE UNE PETITE GOUTTE!
ET C'EST PAS DU TRAFIQUÉ CELUI-LÀ! COMMENT LE TROUVEZ-VOUS?
SNIF
C'EST VOUS QUI LE FAITES?
IL EST... TRÈS BON!. VOUS LE FAITES AVEC DU RAISIN?
UNE HEURE PLUS TARD...
ALORS COMME ÇA VOUS ÊTES EN VACANCES DANS LE COIN?
MERCI! ÇA VA, J'AI PLUS SOIF!
OUI.. HIPS! ALORS ON S'ÉTAIT DIT COMME ÇA QUE...
BEN QUOI? IL EST PAS BON MON VIN?
SI! SI!.. BON, ALORS UN PETIT DERNIER!
OUI AU FAIT, VOUS N'AURIEZ PAS UN PEU DE BON LAIT FRAIS À NOUS VENDRE PAR HASARD?
HO, BEN ÇA C'EST BÊTE, PENDANT QU'ON CAUSAIT LE CAMION D'LA COOPÉRATIVE EST PASSÉ PRENDRE LES BIDONS...
IL M'EN RESTE BIEN UN PEU DANS L'FRIGO POUR VOUS DÉPANNER...
MAIS POURQUOI VOUS NE ME L'AVEZ PAS DEMANDÉ PLUS TÔT?..
HÉ! HÉ!
PEU APRÈS...
HA! LES VOILÀ ENFIN! TOUT CE TEMPS POUR SOI-DISANT UN LITRE DE LAIT... FAUT PAS DÉCONNER!
ILS VONT M'ENTENDRE !!
J'TE JURE GILLOU, ON N'EST PAS ALLÉ AU TROQUET DU VILLAGE...
ARRÊTEZ VOS CONNERIES VOUS PUEZ LE PINARD À CENT MÈTRES... ET PUIS FAUT PAS UNE HEURE POUR ACHETER DU LAIT!
VOUS VOUS FOUTEZ DE MOI!
MAIS TE FÂCHE PAS GILLOU, C'EST PAS DU LAIT ORDINAIRE!
CELUI-LÀ, C'EST UN LAIT SPÉCIAL QU'ON TROUVE QUE DANS LES FERMES...
ÇA S'APPELLE DU LAIT "LONGUE CONVERSATION"!
FIN

F. margerin présente:
LES "ANTI-NOËL"
TRAITEUR PATISSIER
COMESTIBLES
CHARTERIE FINE
JOYEUX NOË
ALORS LUCIEN, ON RÊVE DEVANT LE FOIE GRAS ?
TU VAS TE FAIRE UN P'TIT GUEULETON CE SOIR ?
FAIS ATTENTION À LA CRISE DE FOIE, LUCIEN ?
HA, ÇA RISQUE PAS, JE DÉTESTE NOËL AVEC CES ORGIES ET TOUT CE GASPILLAGE, ÇA M'ÉCOEURE !!
D'ABORD, SI J'AI ENVIE DE BIEN MANGER JE VAIS PAS ATTENDRE NOËL ET SI J'AI PAS ENVIE, JE VAIS PAS ME FORCER PARCE QUE C'EST NOËL, NON ?
ON EST BIEN D'ACCORD AVEC TOI, LUCIEN !
D'AILLEURS, NOUS NON PLUS ON FAIT RIEN CE SOIR !
OUAIS, ON NE VEUT PAS EN-RICHIR LES TRAITEURS !
JOYEUX NOËL LES ENFANTS !!
?!

ALORS, VOUS AVEZ ÉTÉ BIEN SAGES CETTE ANNÉE ?
VOUS N'AVEZ PAS OUBLIÉ D'ÉCRIRE AU PÈRE NOËL, J'ESPÈRE ?!
QU'EST-CE QU'IL NOUS VEUT, CELUI-LÀ ?
BEN ALORS LUCIEN, ON NE RECONNAIT PLUS SON COUSIN NANARD ?
NANARD ?! ÇA ALORS, QUE FAIS-TU DÉGUISÉ EN PÈRE NOËL ?
JE DISTRIBUE DES TRACTS PUBLICITAIRES À LA SORTIE DES GRANDS MAGASINS ...
SACRÉ NANARD !
TOUJOURS LES BONS PLANS !
ET APRÈS ÇA TU FAIS QUOI ?.. TU RÉVEILLONNES EN FAMILLE SANS DOUTE ?
SÛREMENT PAS !! J'AI DÉCIDÉ DE BOYCOTTER NOËL CETTE FOIS-CI !!
À CAUSE DU GÉNOCIDE DES DINDES, DU GAVAGES DES OIES, DU MASSACRE DE FORÊTS DE SAPINS...
ON A PAS IDÉE DU NOMBRE DE CES VICTIMES INNOCENTES !
ET CES PAUVRES HUITRES MANGÉES VIVANTES !
ET NOS PAUVRES FOIES SI ELLES NE LE SONT PAS !
EN FAIT, SI ELLES N'ONT PAS DE PERLES ÇA NE M'INTÉRESSE PAS !
HUÎT
NOUS AUSSI ON EST DES "ANTI-NOËL" !
TIENS ?! MAIS C'EST JOSETTE ET SA COPINE SYLVIE ?
HO ! LUCIEN, RICKY ET GILLOU !! LE TRIO INFERNAL !
ET LE PÈRE NOËL !!
QU'EST-CE QUE VOUS FAITES ?.. VOTRE PETIT SHOPPING DE NOËL ?
HA, NON !! QUAND ON VOIT TOUS CES GENS ACHETER N'IMPORTE QUOI À N'IMPORTE QUEL PRIX !!
OUAIS, C'EST RIDICULE, ON A PAS BESOIN DE NOËL POUR SE FAIRE DES CADEAUX !!
AVEC JOSETTE ON A DÉCIDÉ QU'ON FERAIT RIEN POUR NOËL CETTE ANNÉE ! ET VOUS, QU'EST-CE QUE VOUS FAITES ?
BEN ÇA C'EST MARRANT, NOUS NON PLUS ON NE FAIT RIEN CE SOIR !.. ÇA ME DONNE UNE IDÉE, SI ON DINAIT TOUS ENSEMBLE CHEZ MOI ?
ON SE FAIT UNE PETITE BOUFFE TOUTE SIMPLE ENTRE AMIS, JUSTE HISTOIRE DE NE PAS S'ENNUYER !
2

PLUS TARD, CHEZ LES PARENTS DE LUCIEN...
ALLEZ, ON MET UNE NAPPE, C'EST QUAND MÊME PLUS AGRÉABLE, HEIN?
BIEN SÛR! C'EST PAS PARCE QU'ON NE RÉVEILLONNE PAS QU'ON VA S'EN PRIVER!
D'AILLEURS ON POURRAIT METTRE DES BOUGIES.
TIENS, ÇA ME DONNE UNE IDÉE !.. ET SI ON FAISAIT UNE CRÈCHE COMME QUAND ON ÉTAIT MÔMES ?!
HEIN? MAIS J'AI RIEN POUR FAIRE UNE CRÈCHE!
T'EN FAIS PAS, JE VAIS IMPROVISER AVEC LES MOYENS DU BORD!
TON P'TIT FRÈRE A BIEN QUELQUES TRUCS DANS SON COFFRE À JOUETS, NON?
PENDANT CE TEMPS...
DIS DONC, ÇA FAIT DRÔLEMENT ENVIE CE GIGOT... ET LÀ, LE SAUMON FUMÉ!
ARRÊTE! TU ME FAIS SALIVER!
ET T'AS VU LES DESSERTS QU'ILS ONT AUSSI?!
DING
Bonsoir Messieurs
JOYEUX NOËL
HMMM! JE SENS QU'ON VA FAIRE DES FOLIES!
ÇA VA, J'AI MON CHÉQUIER SUR MOI!!
REGARDE LÀ-BAS, J'AVAIS LA MÊME POUPÉE QUAND J'ÉTAIS PETITE!
MOI AUSSI!
VOUS PRENEZ CELUI-LÀ? BON, JE VOUS FAIS UN JOLI PAQUET CADEAU!
NON, NON! LAISSEZ COMME ÇA, C'EST POUR JOUER TOUT DE SUITE!
LES JOUJOUX
CE QUE J'AIMAIS À NOËL, C'ÉTAIT TOUS CES JOLIS PETITS PAQUETS À OUVRIR...
DIS, CE SERAIT SYMPA D'ACHETER DES P'TITS TRUCS MARRANTS POUR FAIRE DES CADEAUX!!
ÇA FAIT TOUJOURS PLAISIR!
BRRR

PEU APRÈS...
ET VOILÀ, UNE CRÈCHE PLUS VRAIE QUE NATURE AVEC LE BOEUF, L'ÂNE, LES ROIS MAGES ...
TU VEUX DIRE LE CHEVAL, LE TAUREAU ET LES SOLDATS "MOKAREX"! ENFIN, AVEC UN PEU D'IMAGINATION!
DU MOMENT QU'IL Y A LE PETIT JÉSUS C'EST LE PRINCIPAL!
PENDANT QU'ON Y EST, SI ON FAISAIT UNE DÉCO DE NOËL?.. TU AS SÛREMENT DES TRUCS BIEN KITSCH GENRE BOULES OU GUIRLANDES ?...
JE PENSE, MAIS PAR CONTRE JE SUIS SÛR QU'ON N'A PAS DE SAPIN !!
BAH, ON VA BIEN SE DÉBROUILLER ...
QU'EST-CE QU'IL Y A DANS CE PLACARD, LUCIEN?
HO, LÀ C'EST SURTOUT DES TRUCS POUR L'ÉTÉ!
EH BIEN LE VOILÀ, NOTRE SAPIN DE NOËL!
CHEZ LE TRAITEUR...
BON ALORS ON LAISSE TOMBER POUR LE GROS PLAT DE SPAGHETTIS?
POUR LE SOIR DE NOËL ON POURRAIT PEUT-ÊTRE MARQUER LE COUP?
JUSTE UN PEU DE SAUMON, PAR EXEMPLE?
ET PUIS UN PEU DE FOIE GRAS AUSSI, C'EST PAS TOUS LES JOURS QU'ON PEUT EN MANGER!
SI TU VEUX MAIS MOI JE VOUDRAIS DU RÔTI AVEC DES POMMES DAUPHINE GORDINI!
D'ACCORD!.. ET AVEC TOUT ÇA FAUDRAIT PLUTÔT DU VIN BLANC OU DU VIN ROUGE?
IL N'Y A QU'À PRENDRE DU CHAMPAGNE!
C'EST PAS UNE MAUVAISE IDÉE ÇA!
ET PUIS POUR FINIR, UNE PETITE BÛCHE GLACÉE?
PENDANT CE TEMPS...
C'EST QUAND MÊME PLUS SYMPA UN NOËL AVEC DES CADEAUX, TU TROUVES PAS?
OH, OUI SINON C'EST TROP TRISTE... FAUT QUAND MÊME UN MINIMUM!
C'EST PAS TOUS LES SOIRS NOËL !!
TAXI
TU AS VU CES ENDIMANCHÉS, ILS SONT FOUS DE SE PROMENER COMME ÇA PAR CE TEMPS!
REMARQUE, ON POURRAIT AUSSI FAIRE UN PETIT EFFORT CÔTÉ VESTIMENTAIRE, TU NE CROIS PAS?
4

UNE HEURE PLUS TARD...
HA! HA! LA TÊTE QU'ILS VONT FAIRE EN NOUS VOYANT COMME ÇA!
ILS NE S'ATTENDENT PAS À CE QU'ON SE SOIT DONNÉ TANT DE MAL!
ON SAIT RECEVOIR, NOUS!
DRRIIIINNNN
HA! LES VOILÀ QUI REVIENNENT DES COURSES, ILS VONT ÊTRE SURPRIS!
ALLEZ, AVOUE QUE TU ES SURPRIS DE NOUS VOIR SUR NOTRE 31?!
ET TU N'AS PAS TOUT VU, ON A ACHETÉ DE QUOI SE TAPER LA CLOCHE!
ON N'ALLAIT QUAND MÊME PAS MANGER DES SPAGHETTIS LE SOIR DE NOËL?!
EH BIEN NOUS AUSSI ON VOUS A FAIT UNE SURPRISE!
ÇA ALORS, ON DIRAIT QUE NANARD S'EST LAVÉ!
INCROYABLE, ON LE RECONNAÎT À PEINE! C'EST LE MIRACLE DE NOËL!
ET LA DÉCO! VOUS AVEZ VU LA DÉCO?
SACRÉ NANARD!!
ET J'AI FAIT UNE CRÈCHE AUSSI... ET LE SAPIN DE NOËL, IL EST PAS BEAU?
DRRIIINNG
HAAA! VOILÀ LES FILLES, ELLES VONT ÊTRE BIEN SURPRISES!
ON VA S'MARRER!
SI CES DAMES VEULENT BIEN ENTR... HO?!
COUCOU! VOILÀ LES FILLES DU PÈRE NOËL! HA! HA! AVOUE QUE TU ES BIEN SURPRIS!
ON NE POUVAIT QUAND MÊME PAS ARRIVER LES MAINS VIDES!
ET QUELQUES HEURES PLUS TARD...
ALLEZ Hips! ET JOYEUX NOËL À TOUS!
C'EST ÇA... Hips! JOYEUX NOËL!!
LES CADEAUX! LES CADEAUX!
ATTENTION!! C'EST L'HEURE DE LA DISTRIBUTION!!
TOUT LE MONDE A ÉTÉ SAGE?
5

ET LE LENDEMAIN...
DRRRRRRRRIIIING
HOOOO...
HOULALAA MA PAUVRE TÊTE !
BON SANG, QU'EST-CE QU'ON S'EST MIS HIER SOIR... HEUREUSEMENT QUE C'ÉTAIT PAS UN VRAI RÉVEILLON !
EH BEN, SI MES VIEUX VOYAIENT ÇA, IL Y AURAIT DE L'AMBIANCE...
JE CROIS QUE JE VAIS ALLER BOIRE MON CAFÉ EN BAS...
EN BAS, AU "VOLTIGEUR"
ALORS ROBERT, CE RÉVEILLON ?!
SERS-MOI D'ABORD DEUX ASPROS ET PAR PITIÉ...
PARLE MOINS FORT !
C'ÉTAIT SYMPA LE COUP DES CADEAUX HIER SOIR... ET QUEL FESTIN !
OUAIS, ON DEVRAIT REMETTRE ÇA L'ANNÉE PROCHAINE À LA MÊME DATE !
ET LE JOUR DE L'AN, VOUS FAITES QUELQUE CHOSE ?
TÉLÉPHONE
AH, NON ! JE DÉTESTE LE JOUR DE L'AN, ÇA ME FILE TROP LE CAFARD LA FIN D'UNE ANNÉE !
M'SIEURS DAMES !
TIENS, V'LA LUCIEN !
DIS DONC, IL N'A PAS L'AIR FRAIS !
PAS TROP MAL À LA TÊTE, LUCIEN ? ON S'EST BIEN MARRÉ HIER SOIR !
OUAIS, ÇA CHANGE DE CES ÉTERNELS RÉVEILLONS DE NOËL HEIN !
AU FAIT, TU FAIS QUELQUE CHOSE POUR LE RÉVEILLON DU JOUR DE L'AN ?
SÛREMENT PAS, JE SUIS "ANTI JOUR DE L'AN" LES SOIRÉES GENRE "COTILLONS", TRÈS PEU POUR MOI !
ET LA BISE SOUS LE GUI, C'EST VRAIMENT RIDICULE !
ET TOUS CES GENS BOURRÉS QUI KLAXONNENT À MINUIT, ÇA CRAINT !
OUI, C'EST NUL !
MAIS J'Y PENSE, PLUTÔT QUE RESTER CHACUN DE SON CÔTÉ, ON POURRAIT TOUS SE RETROUVER CHEZ MOI, PAR EXEMPLE...
ON SE FERAIT UNE PETITE BOUFFE TOUTE SIMPLE, ENTRE AMIS, QU'EST-CE QUE VOUS EN DITES ?
FIN
F. Margerin 88

F. Margerin présente:
LUCIEN
se met au vert...
PFFFFF QUEL ENFER CE VOYAGE... CINQ HEURES ASSIS SUR MON SAC DANS LE COULOIR!
SNCF
TAXI
EN PLUS POUR PASSER LE WEEK-END DANS UN BLED PAUMÉ PAR UN TEMPS POURRI!
NON MAIS FRANCHEMENT FAUT ÊTRE MALADE POUR VIVRE ICI!
QU'EST-CE QUI M'A PRIS D'ACCEPTER SON INVIT... HA, LE VOILÀ!
HÉ, NANARD! J'SUIS LÀ!!
PIIP
VLAM
TOUJOURS À L'HEURE JE VOIS, ÇA FAIT VINGT MINUTES QUE JE ME LES GÈLE DANS CETTE GARE!
SALUT LUCIEN! EXCUSE-MOI, JE ME SUIS EMBOURBÉ...
EN VOULANT PRENDRE UN RACCOURCI... ALORS, TU AS BIEN VOYAGÉ, AU FAIT?
HÉ?! MAIS ELLE EST COMPLÈTEMENT TREMPÉE CETTE BANQUETTE!!
HA OUI, C'EST VRAI, IL Y A UN TROU DANS LA CAPOTE!
CRRR
MAIS C'EST PAS GÊNANT, JE SUIS JAMAIS ASSIS LÀ!
DIS, SI C'EST ÇA TON MICRO CLIMAT C'EST PAS VRAIMENT DE LA MICRO-PLUIE!!
SACRÉ LUCIEN, TOUJOURS LE MOT POUR RIRE!.. T'EN FAIS PAS, ÇA VA SE DÉGAGER
MAIS QU'EST-CE QU'IL T'A PRIS DE T'INSTALLER SEUL DANS UN TROU PAREIL?
LE CALME, LE GRAND AIR, LA NATURE, C'EST LE GRAND RETOUR AUX SOURCES LUCIEN!
VROOO
PSSHHH
1

ATTENTION !! MAIS IL EST DINGUE DE PROMENER SES VACHES SUR LA ROUTE !
TU VOIS, ICI, C'EST PAS LA SORTIE DES BUREAUX MAIS LES VACHES QUI RENTRENT À L'ÉTABLE !
MAIS QU'EST-CE QU'ON FAIT DANS CES CAS-LÀ ? ON KLAXONNE ?.. ON FONCE DANS LE TAS ?
T'EN FAIS PAS, J'AI PLUS D'UNE CORDE DANS MON SAC !.. ON VA PRENDRE MON RACCOURCI
EN PLUS C'EST TRÈS JOLI PAR LÀ... ON COUPE À TRAVERS LA FORÊT !
UN PEU PLUS TARD...
BRAVO POUR LE COUP DU RACCOURCI !! J'AI BIEN CRU QU'ON NE SORTIRAI JAMAIS DE CE BOURBIER !
EXCUSE-MOI MAIS JE VOULAIS JUSTEMENT TE MONTRER OÙ JE M'ÉTAIS EMBOURBÉ À L'ALLER...
TIENS, TU AS VU, IL NE PLEUT PLUS !
EN TOUS CAS, SI ÇA RECOMMENCE, CE SERA TOI QUI POUSSERA LA VOITURE ET MOI QUI PRENDRAI LE VOLANT !
ÇA VA, ON EST ARRIVÉS !
J'Y PENSE ON VA PASSER DEVANT LA FERME DE MARCEL, JE VAIS TE LE PRÉSENTER. IL EST SUPER COOL !
OK, MAIS ON RESTERA PAS TROP LONGTEMPS...
MAIS NON, JUSTE CINQ MINUTES, JE LUI AI PARLÉ DE TOI, IL AVAIT ENVIE DE TE CONNAÎTRE.
OUAIS PARCE QUE JE SUIS UN PEU NASE !
MAIS NON JUSTE CINQ MINUTES !.. REGARDE COMME C'EST CHOUETTE ICI !
PIIIP PIIIP
WOUAH, ÇA COINCE UN MAX !! QU'EST-CE QUI SENT MAUVAIS COMME ÇA ?
HO, C'EST RIEN ! ÇA DOIT ÊTRE LES POMMES FERMENTÉES, POUR FAIRE LE CIDRE !
A MOINS QUE ÇA NE SOIT LE TAS DE FUMIER À CÔTÉ...

HÉ ?! LE CHIEN N'EST PAS ATTACHÉ ! JE NE DESCENDS PAS, MOI !
MAIS NON ÇA CRAINT PAS !
SALUT LES JEUNES !!
IL IMPRESSIONNE MAIS C'EST UN BRAVE TOUTOU !
HÉ !! APPELLE-LE NANARD !! IL ME COLLE DE LA BOUE PARTOUT AVEC CES PATTES !
COUCHÉ SALE BÊTE !
JE TE PRÉVIENS, SI TU COMMENCES À JOUER AVEC LUI TU N'AS PAS FINI, IL ADORE ÇA !
LAISSE-LE TRANQUILLE ET AMÈNE-TOI, MARCEL NOUS ATTEND !
MAIS MERDE !! UN 501 TOUT NEUF !! FAUT PAS DÉCONNER !
SALUT MARCEL, JE T'AMÈNE LE COUSIN DONT JE T'AI PARLÉ, TU SAIS, LUCIEN !
HA, OUI !
ALORS LE VOILÀ LE FAMEUX COUSIN DE PARIS ?!
LUCIEN, JE TE PRÉSENTE MARCEL
BONJOUR M'SIEUR !
J'AI INVITÉ LUCIEN À VENIR SE REFAIRE UNE SANTÉ À LA CAMPAGNE
HA, C'EST SÛR, FAUT ÊTRE MALADE POUR HABITER À PARIS !
DITES, C'EST À VOUS LE VIEUX TRACTEUR QUI EST LÀ-BAS ?
DAME OUI MON GARS, POURQUOI DONC ?
IL EST SUPER ! JE PEUX MONTER DESSUS POUR VOIR ?
TU NE M'AVAIS PAS DIT QU'IL S'INTÉRESSAIT AUX TRACTEURS TON COUSIN ?
MAIS JE T'AVAIS DIT QU'IL ÉTAIT UN PEU BIZARRE !
ALORS MON GARS, IL LUI PLAIT MON TRACTEUR ?
IL FAIT UN PEU "MAD MAX" AVEC SON LOOK DESTROY !
?
UN MOULIN COMME ÇA DOIT AVOIR UN COUPLE PAS POSSIBLE... IL FAIT COMBIEN DE CHEVAUX ?
BEN OUI, IL REMPLACE BIEN UN COUPLE DE CHEVAUX, C'EST SÛR !
J'VOUS RACONTE PAS LA FRIME À PARIS AVEC UN ENGIN PAREIL !
BON, ON VA PEUT-ÊTRE PAS PASSER LA SOIRÉE À PARLER DE TRACTEUR ?!

TIENS, ET SI JE FAISAIS VISITER LA FERME À TON COUSIN, ÇA L'AMUSERAIT?
HA, LE CON! JE ME SUIS FOUTU DU CAMBOUIS PARTOUT!
HA, OUI QUELLE BONNE IDÉE!. IL VA ADORER ÇA!
ALORS VOICI L'ÉTABLE... J'AI SIX BONNES VACHES LAITIÈRES! BELLES BÊTES, HEIN?
HEU... SUPERBES!!
BEERK! ELLES SONT CRADES ET ÇA PUE ICI!
ALORS, IL VA GOÛTER À CE BON LAIT?
TOUT DROIT SORTI DU PIS DE LA VACHE!
HEU...
TU EN AS PAS DU COMME ÇA À PARIS!
COMMENT IL LE TROUVE? IL Y A PLEIN D'CRÈME...
OUI... OUI!! MAIS ÇA IRA!!
ET PLEIN DE MICROBES, BEURK!
HO! VIENS VOIR LUCIEN, C'EST TROP MIGNON!
HA, OUI! MA TRUIE A MIS BAS CETTE SEMAINE... BELLE PORTÉE!
QU'EST-CE QU'ILS SONT ADORABLES!
OUAIS, ON EN MANGERAIT!
QUELLE HORREUR!!
ILS BOUFFENT VRAIMENT COMME DES COCHONS CEUX-LÀ!!
ET MAINTENANT J'VAS VOUS FAIRE VISITER LE CELLIER, J'AI UN EXCELLENT PETIT VIN!
HA, OUI! PARAÎT QU'IL EST TRÈS BON CETTE ANNÉE!
VOILÀ, C'EST ICI QUE JE L'ENTREPOSE... ATTENTION À LA MARCHE!
HOULA, ÇA DOIT GROUILLER D'ARAIGNÉES LÀ-DEDANS!
IL SERA ENCORE MEILLEUR DANS QUELQUES ANNÉES!
HÉ! C'ÉTAIT NORMAL LES POULES, ICI?
HO, LES POULES ELLES SE BALADENT PARTOUT, FAUT PAS S'INQUIÉTER...
EN FAIT, ELLES AIMENT BIEN VENIR PONDRE ICI!
HMM QUEL BOUQUET!
CRAC
D'AILLEURS FAITES ATTENTION OÙ VOUS METTEZ LES PIEDS!
4

ET MEEERDE !! JE VIENS DE M'ASSEOIR SUR UN OEUF !! ÇA COMMENCE À BIEN FAIRE !
C'EST AMUSANT, ELLES PONDENT SOUVENT SUR CE TONNEAU !
C'EST COOL D'AVOIR DES POULES, TU AS DES OEUFS FRAIS TOUS LES JOURS !
J'EN AI PLEIN LE CUL DE VOS HISTOIRES !
J'AI MÊME PAS PRIS DE PANTALON DE RECHANGE !
T'ES MARRANT, FAIS UN PEU ATTENTION OÙ TU T'ASSOIS AUSSI !
BON, PUISQUE VOUS ÊTES LÀ, JE VAIS OUVRIR UNE BONNE BOUTEILLE DE CIDRE !
MOI J'AI LE MÊME FUTAL DEPUIS UN MOIS ET IL EST IMPECCABLE !
ALORS, IL VA BIEN GOÛTER LE CIDRE DU PÈRE MARCEL ?!..
HA, OUI ! LE CIDRE DE MARCEL C'EST QUELQUE CHOSE !!
MERCI MAIS J'AI ASSEZ BU D'ALCOOL !
C'EST PAS DE L'ALCOOL, C'EST DU CIDRE
ET COMMENT IL TROUVE ICI ? C'EST MIEUX QU'À PARIS ! DAME ! PARAIT QUE ÇA SENT MAUVAIS LÀ-BAS !
BEN, C'EST PAS LES MÊMES ODEURS QU'ICI MAIS VOUS SAVEZ, L'ÉGOUT ET LES ODEURS ...
ÇA C'EST SÛR !
MAIS SURTOUT LÀ-BAS IL Y A LA POLLUTION !
ALORS, À LA SANTÉ DU COUSIN DE PARIS !
OUI, IL EN A BIEN BESOIN... UNE VRAIE MINE DE PAPIER À ROULER !
CE WEEK-END VA LUI FAIRE LE PLUS GRAND BIEN !
EN TOUS CAS C'EST PAS DE CHANCE, POUR UNE FOIS QU'IL PLEUT !
EH NON ! C'EST PLUTÔT UN TEMPS POUR LES AGRICULTEURS... C'EST BON POUR LA TERRE...
HA, FAUT CE QU'IL FAUT PARCE QUE TROP C'EST TROP AUSSI !
OUI BIEN SÛR MAIS TROP DE SOLEIL C'EST SYMPA POUR NOUS MAIS POUR VOUS C'EST LA CATASTROPHE, NON ?
ÇA C'EST SÛR... FAUT PAS QUE DU SOLEIL !!
EN FAIT, L'IDÉAL SERAIT QU'IL PLEUVE LA NUIT ET QU'IL FASSE BEAU LE JOUR !
ÇA C'EST SUR MON GARS, PAS TROP DE PLUIE ET PAS TROP DE SOLEIL...
HA, CES PAYSANS, ILS ONT VRAIMENT PAS DE CONVERSATION !
HA, CES PARISIENS, ILS NE SAVENT PARLER QUE DE LA PLUIE ET DU BEAU TEMPS !

BIEN PLUS TARD...
QU'EST-CE QUE TU AS LUCIEN ?.. TU ES TOUT PÂLE !!
JE SAIS PAS SI C'EST LE LAIT, LE VIN, LE CIDRE OU TOUT À LA FOIS MAIS ÇA PASSE PAS !
ET PUIS J'AI DÛ PRENDRE FROID TOUT À L'HEURE...
J'ESPÈRE AU MOINS QUE TA MAISON NE PREND PAS L'EAU, QUE TU AS UN VRAI LIT ET QUE JE VAIS POUVOIR ME RÉCHAUFFER AU COIN DU FEU CE SOIR !
PAS DE PROBLÈMES, LUCIEN MA MAISON A TOUT LE CONFORT MODERNE !!
HA, NOUS Y VOICI ! ALORS, C'EST PAS UNE BELLE MAISON, ÇA ?!
SUPER, MAIS DÉPÊCHE-TOI, J'EN PEUX PLUS !
TU VAS VOIR COMME JE SUIS PEINARD ICI !.. TIENS, IL FAUT QUE JE TE PRÉSENTE MES VOISINS ILS SONT COOLS !
OUAIS BEN DEMAIN SI TU VEUX BIEN !
ET TU AS REMARQUÉ MON JARDIN POTAGER ?
J'AI DES SALADES, DES CAROTTES, DES PATATES, DES FRAMBOISIERS, DES... HEU...
OUI ! DES POIREAUX !!
O.K ! O.K ! JE VAIS PAS FAIRE LE POIREAU DEVANT LA PORTE PENDANT UNE HEURE !..
ET TOUT ÇA EN CULTURE BIOLOGIQUE, BIEN SÛR !! TIENS, DEMAIN S'IL FAIT BEAU JE TE MONTRERAI COMMENT JARDINER !
D'ACCORD, TOUT CE QUE TU VOUDRAS !
MAIS PAR PITIÉ, GROUILLE-TOI D'OUVRIR CETTE MAUDITE PORTE, NANARD !!
NE FAIS PAS ATTENTION AU DÉSORDRE, C'EST LE JOUR DE CONGÉ DES DOMESTIQUES
JE VOIS !
CE SERAIT PAS PLUTÔT LEUR ANNÉE SABBATIQUE ?
J'AI JAMAIS VU UN BORDEL PAREIL !
ATTENDS, T'AS PAS VU LE PLUS BEAU ! HÉ ! OÙ TU VAS COMME ÇA ?
TU M'EXCUSES MAIS JE CHERCHE LES TOILETTES, IL Y A URGENCE !

LÀ, C'EST LA CUISINE, T'AS VU, ELLE EST BIEN ÉQUIPÉE, HEIN?
HEU...
ET ÇA, C'EST LA SALLE DE BAIN!.. T'AS VU, J'AI UNE BAIGNOIRE!!
POURQUOI FAIRE?
OK, C'EST SUPER TOUT ÇA MAIS PAR PITIÉ DIS-MOI VITE OÙ SONT LES W.C!!
HA, BEN... TU SAIS, ON EST À LA CAMPAGNE...
ET IL Y A SOUVENT DES PROBLÈMES AVEC LES FOSSES SCEPTIQUES
ALORS J'AI TROUVÉ QU'IL ÉTAIT PLUS SIMPLE DE FAIRE UN TROU DANS LE FOND DU JARDIN, DERRIÈRE LES 2CV!
C'EST ÉCOLOGIQUE ET PLUS SAIN... TU NOURRIS LA TERRE, TU COMMUNIES AVEC LA NATURE, QUOI!
TU TROUVES PAS ÇA BEAU?!.
HEU... SUPERBE! BON, J'Y VAIS, J'AI UNE ENVIE DE COMMUNIER PAS POSSIBLE!
TU TROUVERAS UN VIEUX LIBÉ DANS LA 2CV ROUGE... À TOUT DE SUITE!
PENDANT CE TEMPS, JE PRÉPARE LE DINER!
OUAIS BEN POUR MOI CE SERA AVEC BEAUCOUP DE RIZ!
PEU APRÈS...
ALORS, ÇA C'EST BIEN PASSÉ?
MOUAIS, À PART QUE LE LIBÉ ÉTAIT TROP HUMIDE!
ET PUIS IL FAUDRA PENSER À DÉGAGER LES ORTIES AUTOUR DU TROU!
HÉ?! MAIS QU'EST-CE QUE TU FABRIQUES?!
TU LE VOIS BIEN, JE PLUME UN POULET POUR CE SOIR!..
ON VA SE LE FAIRE GRILLER DANS LA CHEMINÉE!
TIENS D'AILLEURS FINIS-LE!..
HAAA!
IL FAUT QUE JE FASSE PARTIR LE FEU MAINTENANT!
7

ATTENDS NANARD ...
TU VEUX PAS PLUTÔT ME LAISSER M'OCCUPER DU FEU, HEIN ?..
MERCI MAIS JE N'AI PAS ENVIE DE VOIR BRÛLER MA MAISON !
TU SAIS, J'AI ÉTÉ SCOUT, JE SAIS FAIRE UN FEU !!
PAR CONTRE J'AURAIS BESOIN DE BOIS !
TU TROUVERAS DES BÛCHES À CÔTÉ DE L'ATELIER, T'EN RAMÈNES TROIS OU QUATRE ?
CHOUETTE ! UNE BONNE VEILLÉE AU COIN DU FEU AVEC UN BON POULET GRILLÉ !!
JE SENS QUE ÇA VA DÉJÀ MIEUX !!
JE VAIS EN PRENDRE QUATRE OU CINQ, ÇA BRÛLE VITE !
HÉ ?!! C'EST PAS LÉGER-LÉGER TOUT ÇA ! ET PUIS ELLES SONT MOUILLÉES... ÇA GLISSE !
BOLOM BOM BOLOM
AÏEUUU !
ALLONS BON ! C'EST PAS VRAI, QU'EST-CE QU'IL LUI ARRIVE ENCORE ?!
EH BIEN LUCIEN, QU'EST-CE QU'IL Y A ?.. TU T'ES FAIT MAL ?
PUTAIN DE SALOPERIE DE BÛCHE À LA CON !! MON PAUVRE PIED !
MAIS ENFIN, ELLES SONT TROP GROSSES CES BÛCHES... IL FAUT LES COUPER EN DEUX !
HO, ÇA JE VEUX BIEN LE FAIRE, J'ADORE ÇA !
ET PUIS, J'AI UN COMPTE À RÉGLER AVEC CETTE BÛCHE !
HA, NON !! MALADROIT COMME TU ES TU VAS ENCORE TE BLESSER C'EST ÉVIDENT !!
REGARDE SI TU VEUX, MAIS IL EST HORS DE QUESTION QUE TU TOUCHES À ÇA !!
TIENS, ADMIRE UN PEU LE STYLE ET LA PRÉCISION ! EN PLEIN DANS LE MILLE !
AÏE !
POK
RHAN !
TCHAK

APRÈS LES JETS DE PROJECTILES MAINTENANT CE SONT LES LACRYMOGÈNES...
DIS, TU NOUS REFAIS MAI 68 OU QUOI ?!
T'ES MARRANT, LE BOIS EST TROP HUMIDE !
MALICORNE
C'EST ÉTONNANT, IL PLEUT SI PEU DANS CETTE RÉGION !
SCRATCH SCRATCH
HEU, LUCIEN... TU SERAS FÂCHÉ SI JE FAIS GRILLER LE POULET DANS LE FOUR ?
ET LA VEILLÉE, ON LA FAIT AU COIN DE LA CUISINIÈRE AUSSI SANS DOUTE ?
HA, J'AI BIEN FAIT DE VENIR À LA CAMPAGNE, C'EST SYMPA !
TIENS, J'AI UNE TRÈS BONNE IDÉE, JE VAIS FAIRE UNE VRAIE SOUPE DE LÉGUMES !
COMME NOUS LA FAISAIT MÊME QUAND ON ÉTAIENT PETITS !!
HO, OUAIS !! AVEC DES PATATES, DES POIREAUX, DES CAROTTES, DES NAVETS ET DU PAIN TREMPÉ !
SANS OUBLIER LE VIN ROUGE, POUR FAIRE CHABROT !
NANARD, LA SOUPE ON LA FERA DANS CETTE CASSEROLE ?
SI TU VEUX, MAIS IL FAUDRAIT PEUT-ÊTRE LA RINCER UN PEU, JE L'AI TROUVÉE HIER À LA DÉCHARGE !
ZUT, JE SAIS QUE J'AI MIS DES ÉPICES DANS UNE BOITE, MAIS DANS LAQUELLE, MYSTÈRE !
ET ENFIN...
ATTENTION ! CHAUD DEVANT !
DING DING
PAR ICI LA BONNE SOUPE !!
TU SAIS FINALEMENT, C'EST PAS MAL CHEZ TOI, C'EST QUOI COMME STYLE ?..
ELLE EST BIZARRE CETTE ÉNORME ARMOIRE !
C'EST PAS UNE ARMOIRE, LUCIEN, C'EST UN AUTHENTIQUE LIT CLOS !
LES GENS DORMAIENT LÀ-DEDANS AUTREFOIS !
MAINTENANT QUE JE M'Y SUIS HABITUÉ, JE NE POURRAIS PLUS DORMIR AILLEURS...
JE SUIS UN PEU COMME UN CHIEN DANS SA NICHE !
MOI JE DEVIENDRAIS CLAUSTRO LÀ-DEDANS !
ÉVIDEMMENT, ON SERA UN PEU SERRÉS À DEUX, MAIS ÇA DEVRAIT QUAND MÊME ÊTRE SUPPORTABLE !
PFFF

PEU APRÈS...
ALORS, ÇA VA MIEUX MAINTENANT, C'ÉTAIT BON?
HEU.. OUI, LA SOUPE ÉTAIT DÉLICIEUSE!
MAIS POUR LE LIT CLOS, TU ÉTAIS SÉRIEUX? ON DORT DEDANS TOUS LES DEUX?
BEN OUI, J'AI PAS D'AUTRE LIT... JE VAIS BIENTÔT AMÉNAGER LE GRENIER EN CHAMBRE D'AMI...
MAIS POUR L'INSTANT IL N'Y A QUE DE LA PAILLE !!
HA? ET ELLE EST COMMENT CETTE PAILLE?..
ALLEZ, T'EN FAIS PAS, TU DORMIRAS COMME UNE ENCLUME!
BON, EH BIEN EN ATTENDANT JE VAIS ALLER ME PRENDRE UNE BONNE DOUCHE!..
TU AS RAISON, IL N'Y A RIEN DE TEL POUR SE DÉTENDRE!
HAAAAAA!
HEIN?!
QU'EST-CE QU'IL Y A LUCIEN?!
LÀ!!.. UNE ÉNORME ARAIGNÉE POILUE!
ELLE ÉTAIT SUR LA SERVIETTE!
VITE ELLE SE SAUVE!
TUE-LA NANARD!! TUE-LA!
MAIS ENFIN, C'EST RIEN DU TOUT, UN PEU D'EAU ET HOP! ELLE DISPARAÎT DANS LA VIDANGE!
TU ES SÛR QU'ELLE NE VA PAS REMONTER TOUT À L'HEURE TU ES SÛR?
MAIS NON, ELLE EST NOYÉE !!
HA! HA! HA! C'EST BIEN UN PARISIEN, TIENS! AVOIR PEUR DES ARAIGNÉES!
SACRÉ LUCIEN, VA !!
C'EST QU'IL M'A FAIT FLIPPER À CRIER COMME ÇA, L'IDIOT!..
HAAAAA!! C'EST GLACÉ!
HO, C'EST VRAI, JE LUI PRENDS TOUTE L'EAU CHAUDE...
VOILÀ, C'EST ARRANGÉ... L'EAU CHAUDE VA REVENIR...
J'AVAIS COMPLÈTEMENT OUBLIÉ QUE TU PRENAIS TA DOUCHE!.
HAAAA!! C'EST BRÛLANT!

PLUS TARD...
DIS DONC ÇA SENT LE FAUVE LÀ-DEDANS !! ÇA DOIT PAS ÊTRE AÉRÉ TRÈS SOUVENT !
HA BON ? JE SENS RIEN... EN TOUS CAS, JE PEUX TE GARANTIR QUE LES DRAPS SONT PROPRES !
JE LES AI CHANGÉ LE MOIS DERNIER !
BON, EH BIEN BONNE NUIT NANARD ! À DEMAIN !
TU VAS VOIR COMME ON DORT BIEN À LA CAMPAGNE... ALLEZ, J'ÉTEINS !
WOUAH WOUAH
ZZZZZZ
LUCIEN
QU'EST-CE QUE C'EST QUE CE CHIEN QUI ABOIE TOUT LE TEMPS ?
WOUAH WOUAH WOUAH
ÇA DOIT ÊTRE CELUI DE LA FERME VOISINE... IL A DÛ SENTIR UN RÔDEUR OU JE NE SAIS QUOI !
HÉ, NANARD !! TU DEVRAIS PEUT-ÊTRE ALLER VOIR POURQUOI LE CHIEN ABOIE COMME ÇA !
HMMM ? MAIS NON... C'EST RIEN !! C'EST NORMAL ICI !
WOUAH WOUAH WOUAH
MAINTENANT LAISSE-MOI DORMIR, J'AI SOMMEIL !
TIENS, ON NE L'ENTEND PLUS... ALORS ÇA, C'EST PAS NORMAL !!
CRRRR CRRRR
ET CE CRAQUEMENT C'EST QUOI ENCORE ?
JE N'AIME PAS ÇA !
ÇA NE PEUT PAS ÊTRE LE CHAT, IL DORT SUR LE LIT... ALORS QUI ?
MAIS BIEN SÛR ! C'EST LE RÔDEUR QUI EST ENTRÉ DANS LA MAISON...
IL A TUÉ LE CHIEN ET MAINTENANT ÇA VA ÊTRE NOTRE TOUR...
ET NANARD QUI DORT COMME UNE ENCLUME ET CE LIT CLOS QUI NE FERME PAS À CLÉ !
DEUX HEURES PLUS TARD...
JE ME SUIS PEUT-ÊTRE UN PEU INQUIÉTÉ POUR RIEN ...TOUT À L'AIR CALME...
MON IMAGINATION ME JOUE DES TOURS...
ENFIN JE ME SENS DOUCEMENT SOMBRER DANS UN PROFOND SOMMEIL RÉPARATEUR ÇA Y EST, JE DORS PRESQUE !
RRRRRRRROOO PSCHHHHH RRRRRROOO PSCHHHH
HEIN ?
11

LE LENDEMAIN MATIN...
COCORICOOOO
...À L'AUBE!
DEBOUT LUCIEN! LE PETIT DÉJEUNER EST SERVI! IL EST 8H!..
MMM?
ET IL FAIT TRÈS BEAU!
HOULA! MES PAUVRES YEUX!!
BEN ALORS, TU AS DORMI SUR LE CANAPÉ?
DORMI, C'EST VITE DIT!.. AVEC TOUT LE BRUIT QU'IL Y A ICI LA NUIT ET LES MOUCHES DÈS LE LEVÉ DU JOUR...
BÉÉÉRK, IL Y A PLEIN DE PEAU SUR MON LAIT!
TOI, TU ES DE MAUVAISE HUMEUR!.
MAIS PAS DU TOUT... HA, IL EST CHIANT À COUPER CE PAIN!!
ILS NE CONNAISSENT PAS LA BAGUETTE, ICI?!
ET QU'EST-CE QU'ILS ONT À SALER LE BEURRE COMME ÇA?!.. POURQUOI PAS LA CONFITURE, AUSSI?!
ET CES MOUCHES ELLES VONT ENCORE M'EMMERDER LONGTEMPS, HEIN?! ALLEZ, PSCHHH!!
DU LARGE!
ATTENDS, J'AI CE QU'IL FAUT POUR LES ÉLIMINER!.
VOILÀ, AVEC CE COLLANT À MOUCHES, TU VAS BIENTÔT ÊTRE TRANQUILLE!
T'AS PAS PLUTÔT UNE BOMBE?
HA, NON! JE RESPECTE LA COUCHE D'OZONE, MOI!
PFF, JAMAIS UNE MOUCHE NE SERA ASSEZ STUPIDE POUR SE COLLER LÀ-DESSUS!
BAH, ON VERRA BIEN!.. EN ATTENDANT TU DEVRAIS SORTIR UN PEU...
IL Y A PLEIN DE SOLEIL!
T'AS RAISON, JE VAIS ME FAIRE UNE PETITE SÉANCE DE BRONZA... HÉ?!
MEEEEERDE!! QUELLE CONNERIE CES COLLANTS À MOUCHES!!
?!

TU CROIS QUE ÇA VA DURER?
HO, OUI!! C'EST LE TEMPS IDÉAL POUR S'OCCUPER DU POTAGER! JE VAIS M'HABILLER!
J'AURAIS DÛ PRENDRE UN MAILLOT DE BAIN!
HAAAA!! C'EST LE PIED LA CAMPAGNE QUAND IL FAIT BEAU!
JE VAIS TRAVAILLER UN PEU LES COULEURS!
AU SOLEIL!!
COT!
CÔT
CÔT CÔT
YAAAAAH!! CASSEZ-VOUS LES POULES!
VOTRE COQ M'A EMPÊCHÉ DE DORMIR DÈS 5H DU MAT'!
CÔT CÔT CÔT
CÔT
CÔT CÔT CÔT CÔT
KWAK
HA! HA! HA! ÇA A L'AIR CON UNE POULE QUI COURT!
ÇA M'A TOUJOURS FAIT RIRE!
HA, JE VOIS QUE LA FORME REVIENS ENFIN!
QUE DIRAIS-TU D'UNE PETITE INITIATION AU JARDINAGE?.. TU AS LA MAIN VERTE?..
JE TE REMERCIE MAIS JE PRÉFÈRE RESTER LÀ, PEINARD À BRONZER QUE D'AVOIR LES MAINS VERTES!!
MAIS SI TU VEUX JARDINER NE TE GÊNE PAS POUR MOI!
PEU APRÈS...
HÉ! HÉ! IL ME FAIT MARRER NANARD, IL TOMBE TOUJOURS DANS LES PLANS BABAS-COOLS!
APRÈS AVOIR DONNÉ DANS L'ÉLEVAGE DES CHÈVRES...
MAINTENANT C'EST LA CULTURE BIOLOGIQUE!
SACRÉ NANARD!
HMMM... C'EST ÇA QUE J'AIME... LE SOLEIL AVEC UNE PETITE BRISE...
LE DOUX FRISSONEMENT DES FEUILLES DANS LES ARBRES...
LE PETIT CHATOUILLEMENT DES HERBES SUR LA PEAU...
ÇA CHATOUILLE VRAIMENT BEAUCOUP... HO!!
AU SECOURS! JE SUIS ATTAQUÉ PAR LES FOURMIS!!

FINALEMENT, J'EN AI ASSEZ DE BRONZER, SI TU VEUX, JE PEUX PEUT-ÊTRE T'AIDER À JARDINER...
MAIS AVEC PLAISIR !!
PRENDS CETTE FAUCILLE ET COMMENCE À COUPER LES ORTIES ... SANS TE BLESSER AVEC, SI POSSIBLE !!
PEU APRÈS...
HÉ, NANARD! J'EN AI COUPÉ UN MAXIMUM QUI ÉTAIENT DANS LE FOND DU JARDIN JE LES METS OÙ ?
HO?! MES PLANS DE CANNABIS!
IMBÉCILE !! C'EST PAS DES MAUVAISES HERBES, ÇA !! CE SONT MES PLANTATIONS PERSONNELLES !!
HA, BON? EXCUSE-MOI JE LE SAVAIS PAS!
ARRACHE PLUTÔT LES RONCES, TU SAIS LES RECONNAÎTRE LES RONCES ?!
PEU APRÈS...
J'ESPÈRE QUE CE COUP-CI TU SERAS CONTENT PARCE QUE J'EN AI BAVÉ À ARRACHER TOUTES CES RONCES !..
C'EST QU'IL Y EN AVAIT VRAIMENT BEAUCOUP, TU SAIS!
HEIN?! MAIS NON, PAS ÇA !! CE SONT MES FRAMBOISIERS!
MAIS QUEL IGNARE !!
CONTENTE-TOI DONC D'ARRACHER LES PETITES POUSSES DE CHIENDENT, SI TU LE PEUX!
HO, ÇA VA! JE NE SUIS PAS NICOLAS LE JARDINIER, MOI!
REGARDE CES MAUVAISES HERBES ELLES ONT DES ÉNORMES RACINES ORANGES ... C'EST MARRANT !!
MAIS C'EST PAS VRAI?! TU NE VOIS PAS QUE CE SONT DES CAROTTES ?!
ARRÊTE LE DÉBROUSSAILLAGE ET PRENDS PLUTÔT LA BÊCHE !!
AÏE! AÏE! AÏE! TU AS VU ÇA, MES PAUVRES MAINS SONT COUVERTES D'AMPOULES!
JE T'AVAIS DIT DE METTRE DES GANTS !.. PASSE-MOI LA BÊCHE ET PRENDS LA BROUETTE!
C'EST PIRE QU'APRÈS UN TOURNOI DE BABY-FOOT!
HO, LA VACHE! J'AI SUPER MAL, BONJOUR LE TOUR DE REIN !!
JE ME SUIS COMPLÈTEMENT RUINÉ LE DOS AVEC CETTE BROUETTE!
LAISSE-TOMBER LULU! C'EST PAS TON TRUC LE JARDINAGE !!
DE TOUTES FAÇONS, JE NE VOIS PAS L'INTÉRÊT D'AVOIR UN JARDIN POTAGER, FRANCHEMENT !!
ALORS QUE TU PEUX TOUT TROUVER POUR TROIS FOIS RIEN DANS LES SUPER-MARCHÉS!

PEU APRÈS..
DIS NANARD, JE VOIS QUE TU AS UN VÉLO... JE PEUX TE L'EMPRUNTER POUR FAIRE UN TOUR ?
BIEN SÛR ! TU DEVRAIS ALLER AU VILLAGE, C'EST LE JOUR DU MARCHÉ IL FAUT QUE TU VOIS ÇA !
MAIS IL Y A SIX KILOMÈTRES TU SAIS !
SIX BORNES SEULEMENT ! C'EST DE LA RIGOLADE !
HA, C'EST QUAND MÊME PLUS COOL QUE LE JARDINAGE... ÇA ROULE TOUT SEUL !
HÉ !! D'OÙ IL SORT CE CABOT ?! MAIS C'EST QU'IL MORDRAIT ?!
PSCHHHH, À LA NICHE !
YAP
YAP
YAOUHHH !! CETTE DESCENTE TOMBE À POINT !! LARGUÉ LE ROQUET !!
ARF
ARF ARF
TIENS, LÀ-BAS, UN GROUPE DE CYCLISTES DU DIMANCHE..!
HÉ, FIGNON FAIS GAFFE, TA CHAÎNE SE DÉGONFLE !!
BAISSE LA TÊTE, T'AURAS L'AIR D'UN COUREUR !
?
HA ! HA !
HA, ZUT !! JE ME SUIS PRIS UN MOUCHERON DANS L'OEIL !!
ILS PEUVENT PAS REGARDER OÙ ILS VOLENT CEUX-LÀ ?!
NANARD DEVRAIT METTRE UN PARE-BRISE SUR SON VÉLO !!
C'EST UNE VRAIE VACHERIE CES INSEC....
HAA !
CRRRR
CRRRR

AÏE ! AÏE ! AÏE ! ELLES SONT ÉNORMES CES VACHES !.. SURTOUT NE PAS BOUGER... NE PAS FAIRE DE BRUIT...
SI LE TROUPEAU S'AFFOLE, JE SERAI IMPITOYABLEMENT PIÉTINNÉ... ON NE RETROUVERA RIEN DE MON CORPS
YAAAAAH ! YAAAAH !!
ÇA Y EST, JE SUIS FICHU !
?!
ALLEZ NOIRAUDE, YAAAH !! ALLEZ BRUNETTE !!
POTOCLOP CLOP
POTOCLOP
HA, J'TE JURE !! ILS PEUVENT PAS LES TENIR EN LAISSE LEURS VACHES ?!
POTO CLOP
POCLOP
C'EST VRAI, QUOI !! ON EST PAS À INTERVILLES ICI !!
J'AURAIS DÛ ME DOUTER QUE ÇA NE DESCENDRAIT PAS PENDANT SIX KILOMÈTRES
EN FAIT, RIEN NE VAUT UNE BONNE VIEIL-LE MOBE !!
PFFF PFFF
C'EST DÉCIDÉ, JE PLANQUE LE VÉLO DANS LE FOSSÉ ET JE CONTINUE EN STOP !
PIIIP PIIIP
PEU APRÈS..
TIENS, MAIS C'EST MARCEL, LE VOISIN DE NANARD !!
MAIS C'EST LUCIEN, LE COUSIN DE NANARD !
PÔT PÔT PÔT
BEN ALORS, QU'EST-CE QU'IL LUI ARRIVE ? IL A CREVÉ UN PNEU ?
HEU... NON, C'EST MOI QUI SUIS CRE-VÉ... VOUS ALLEZ AU VILLAGE ?
PÔT PÔT PÔT
ALLEZ, QU'IL MONTE, JE L'EMMÈNE !
ALORS COMME ÇA, IL VA AU VILLAGE ? IL VA FAIRE SON MARCHÉ ?
VROOMm
HOULA !! IL A UN VERRE DANS L'NEZ, LE PÈRE MARCEL !

BEN, IL VA SURTOUT JETER UN OEIL, IL A RIEN D'AUTRE À FAIRE... ET LUI?
HO, LUI IL VA FAIRE SON P.M.U!
PÔT PÔT PÔT PÔT
HEU... C'EST PAS TROP DUR À CONDUIRE UN TRACTEUR ?..
PFFF, ÇA PEUT SE CONDUIRE MÊME BOURRÉ TELLEMENT C'EST FACILE, MON GARS!
PÔT PÔT PÔT
90
ET COMME ON A PAS BESOIN DE PERMIS, LES GENDARMES PEUVENT PAS NOUS LE PIQUER!..
HA?.. C'EST AMUSANT... HEU.. ET C'EST PAS DANGEREUX DE ROULER SI LENTEMENT?
PÔT PÔT PÔT
DAME NON! IL N'Y A JAMAIS PERSONNE SUR CES ROUTES...
LE BON LAIT DU PÈRE RIBAULT
OUILLE!! MES PAUVRES FESSES AVEC CES SECOUSSES ... ET PUIS CETTE ODEUR DE GASOIL...
ÇA Y EST, JE COMMENCE À AVOIR LA GERBE!
ALORS LE PARISIEN, C'EST BIEN AGRÉABLE CETTE PETITE BALADE...
AU GRAND AIR?
PÔT PÔT PÔT
HÉ?! QU'EST-CE QUI BRÛLE COMME ÇA?! POUAH!! ÇA SCHLINGUE!
HA, C'EST LA JAILLE, ILS Y METTENT LE FEU DE TEMPS EN TEMPS!
PÔT PÔT PÔT
SI NANARD VOYAIT ÇA, IL EN SERAIT MALADE!
ALLONS BON, C'EST QUOI ÇA ENCORE?!
ON DIRAIT DES PROJECTIONS DE BOUE... ÇA DOIT VENIR DES PNEUS...
À MOINS QUE ÇA NE SOIT DE LA BOUSE?
HÉ?! ET ÇA C'EST LA CHAÎNE DU VÉLO QUI M'A FAIT CETTE TACHE DE GRAISSE?!
HA, ET PUIS IL Y A PLEIN DE JOLIES CHOSES À VOIR PAR ICI, PAS VRAI?
BYRRH

PEU APRÈS..
BON, EH BEN NOUS V'LÀ RENDUS, MON GARS !
LE BALTO
AÏE !
HO ! LÀ, UNE BELLE PLACE !!
POT !! POT !! POT
VROO
ON POURRAIT P'TÊTRE COMMENCER PAR ALLER BOIRE UN COUP ?
HEIN ?! VOUS AVEZ DÉJÀ SOIF ?
VOUS ME RECONNAISSEZ ?
BÊÊ !
BÊÊ !
MORT AUX VACHES
EXCUSEZ-MOI, VOUS LES AVEZ TROUVÉS OÙ VOS CANARDS ?
TABAC
ALLEZ MON GARS C'EST MOI QUI RINCE !
ET QU'EST-CE QUE VOUS DIRIEZ SI ON VOUS EN FAISAIT AUTANT, HEIN ?!
SALE BRUTE !
SALUT LA COMPAGNIE !!
TIENS, V'LA L'PLUS BEAU !
QUI C'EST LE GAMIN AVEC LUI ?
SALUT MARCEL !
ALORS MARCEL, TU DÉBAUCHES ?
SALUT FERNAND, JE T'AMÈNE UN PARISIEN... LE COUSIN DE BERNARD, TU VOIS ?
HA, OUI LE COMIQUE ! ET QU'EST-CE QU'ILS BOIVENT ?
HEU.. UN JUS DE...
DEUX P'TITS BLANCS SECS !
PLUS TARD...
J'TE REMETS ÇA, MARCEL ? C'EST MA TOURNÉE !
FERNAND LA PROCHAINE ELLE EST POUR MOI !
TOILETTES
MA FOI !
HEU... ÇA VA PAS FAIRE UN PEU TROP ?
18

UNE HEURE PLUS TARD..
BON... SAL.. HIPS! SALUT LES AM...HIPS!
LE NARVAL P.M.U
HO, ZUT LE MARCHÉ EST DÉJÀ TERMINÉ!!
ALLEZ ..HIPS! J..JE TE RAMÈNE ...HIPS! M... MON GARS!
MARTINIQUAISE PARTIE NIQUER UNE ANGOLAISE PARTIE S'FAIRE ANG...HIPS!
ATTENTION VOUS ROULEZ TROP À GAUCHE!
T'EN FAIS PAS..HIPS! LE TRACTEUR CONNAIT L'CHEM.. HIPS! L'CHEMIN!
HÉ? MAIS...HIPS! C'EST LA FÊTE ICI? ON Y VA, ON VA S'AMUSER!
MANQUAIT PLUS QUE ÇA!!
BÊÊÊM
IL FAUT QUE TU CONNAISSES ..HIPS!.. ÇA, MON GARS!
POT POT VROOM
JE TE SURVIVRAI
HA, L...LA BUVETTE EST LÀ-BAS, ALLONS-Y!!
NON.. HEU.. ET SI ON JOUAIT D'ABORD, HEIN MARCEL?
FAUT SURTOUT PLUS QU'IL BOIVE!!
PEU APRÈS... BRAVO LUCIEN! ENCORE CELLE-LÀ ET..HIPS! C'EST GAGNÉ!
HÉ! HÉ! AU MOINS PENDANT CE TEMPS-LÀ, IL NE PENSE PLUS À PICOLER!!
TOI AUSSI TU DESCENDS BIEN LES BOUTEILLES!
DANS LE MILLE!!
HOURRA!
BRAVO!
CLING
ET VOILÀ! VOUS AVEZ GAGNÉ UNE BONNE BOUTEILLE DE VIN DE TABLE!
HO!
OUAIS, ÇA S'ARROSE!

HA, NON! ÇA SUFFIT AVEC LE VIN! VOUS AVEZ ASSEZ BU!
BOIRE OU CHOISIR IL FAUT... HEU... PAS BOIRE!!
MAIS?
JE VOUS LA DONNERAI QUAND ON SERA RENTRÉS!
JOUE PAS... PAS AVEC MOI
VAS-Y JEANNOT!
MERDE!
EN FAIT, SI J'AI BIEN COMPRIS ON NE GAGNE QUE DU PINARD À CES JEUX-LÀ, C'EST DU PROPRE!
ÇA ALORS... MAIS... J... JE SUIS PAS... HIPS PAS SAOUL, MOI?!
MON PAPA GN'EST L'PLUS FORT À GNE JEU LÀ!
ET PUIS UNE P... PETITE BOUTEILLE DE VIN... HIPS! ÇA PEUT PAS FAIRE DE M... MAL!
PSCHIII
TIENS, VOUS DEVRIEZ MANGER UNE CRÊPE, PLUTÔT! MOI, JE MEURS DE FAIM!
HEU... DEUX CRÊPES AU BEURRE, S'IL VOUS PLAIT!
PAS TROP SALÉES!
CRÊPES
AU BEURRE 5
AU SUCRE 5
À LA CONFITURE 10
AU JAMBON 15
AU PATÉ 15
AU SAUCISSON DE CHINE 20
GALETTES
TENEZ MARCEL, FAUT MANGER PENDANT QUE C'EST CH...
MARCEL?
SLURP
HO, NON!
POK
COUINE !!
ALORS MARCEL, TU VAS BIEN TRINQUER AVEC NOUS?!..
BEN MA FOI C'EST PAS D'REFUS!
SACRÉ MARCEL!
ALLEZ, JE PAYE LA PROCHAINE TOURNÉE, FAUT ARROSER NOS RETROUVAILLES!!

BIEN PLUS TARD...
HA, TE VOILÀ... TU M'EXCUSES, JE T'AI PAS ATTENDU POUR DÉJEUNER, IL EST DÉJÀ TROIS HEURES! ALORS, CETTE BALADE?..
PFFF.. M'EN PARLE PAS, JE NE TIENS PLUS SUR MES JAMBES PFFF.. QUELLE JOURNÉE!
HA, ÇA SAOULE LE GRAND AIR!
C'EST PAS LE GRAND AIR MAIS PLUTÔT MARCEL!
HA, BON? TU AS RENCONTRÉ MARCEL, IL VA BIEN?
HO, LUI ÇA VA! MAIS IL M'A FAIT BOIRE AVEC CES COPAINS À LA KERMESSE... JE SUIS COMPLÈTEMENT MORT!
QU'EST-CE QU'ILS PICOLENT ICI!
HA, ET TU AS PU RENTRER EN VÉLO, QUAND MÊME?
OUI, MAIS QUEL CAUCHEMAR... LA CÔTE... LE CLÉBARD DE L'ALLER QUI ME MORD LES MOLLETS... JE TERMINE EN COURANT... BREF, L'HORREUR!
MAINTENANT JE NE BOUGE PLUS!
JE CROIS MÊME QUE JE VAIS ME COUCHER!
ATTENDS, LES VOISINS DOIVENT PASSER, ILS VOULAIENT FAIRE TA CONNAISSANCE!
HA, NON!
TU LEUR DIRAS QUE JE NE SUIS PAS RENTRÉ!
TOC-TOC! ON PEUT ENTRER?
HA! JE VOIS QUE LE COUSIN EST DE RETOUR!.. C'EST PARFAIT!
...
JE VOUS AI AMENÉ UNE BONNE BOUTEILLE D'EAU DE VIE DE POMME!
DISTILLÉE PAR MON GRAND PÈRE, SAVEZ-VOUS?!
VOUS M'EN DIREZ DES NOUVELLES, ON EN FAIT PLUS DE LA COMME ÇA!
APRÈS UNE PROFONDE SIESTE...
HO LUCIEN!
ÇA VA MIEUX MAINTENANT?! ALLEZ, LÈVE-TOI!!
HMM?
ÇA VA FAIRE QUATRE HEURES QUE TU CUVES TON VIN!!
ET PUIS DES COPAINS SONT LÀ... ON T'ATTEND POUR L'APÉRO!.. ET APRÈS ON SORTIRA AU BAL OU EN BOÎTE!..
?
AU FAIT, JE VOUS PRÉSENTE LUCIEN!!

ET LE SOIR MÊME...
ALLEZ, ON VA PAS EN BOÎTE, ON VA AU BAL! TU VERRAS, C'EST COOL !
D'ACCORD, MAIS TU NE POURRAIS PAS DIRE À TON COPAIN QU'IL DEVRAIT ROULER UN PEU MOINS VITE...
T'EN FAIS PAS, DÉDÉ CONNAÎT LA ROUTE PAR COEUR, IL VA AU BAL TOUS LES SAMEDIS SOIRS!
ET RASSURE TOI, IL N'Y A JAMAIS DE RADARS PAR ICI!
JAMAIS J'AURAIS DÛ ACCEPTER DE LES SUIVRE... ÇA SENT LE FAIT DIVERS À PLEIN NEZ !!.
VOILÀ, ON APPROCHE! ALORS, C'ÉTAIT PAS TROP LONG!
23 sept. GRAND BAL LA GACILLY. AVEC "LES CRADEC"
Z'AVEZ VU, LES "VIKINGS" SONT LÀ... IL VA Y AVOIR DE L'AMBIANCE !.. JOSETTE, TU RESTES AVEC NOUS, HEIN?
HEU... ET MOI JE VEUX BIEN RESTER DANS L'AUTO !.
MAIS NON LUCIEN, C'EST SYMPA, ON VA S'MARRER!
ICE
REGARDE, IL Y A UNE SUPER AMBIANCE, TU TROUVES PAS ?!
ET SI ON COMMENÇAIT PAR ALLER S'EN JETER UN P'TIT À LA BUVETTE?
HEU. ET QUI C'EST QUI BOIT PAS POUR RAMENER LES AUTRES?
T'INQUIÈTE PAS, J'AI TOUJOURS LA PETITE CASE POUR RENTRER!
IL FAUT QUE TU GOÛTES LE CHOUCHEN, LUCIEN!

PEU APRÈS...
JE SUIS SÛR QUE TU AS JAMAIS GOÛTÉ À ÇA !
DU CHOUCHEN ? EN EFFET, C'EST QUOI CE TRUC, UNE SPÉCIALITÉ DU COIN ?
C'EST FAIT COMME L'HYDROMEL AUTREFOIS, AVEC DU MIEL...
MAIS ARRÊTEZ DE LE FAIRE BOIRE VOUS VOYEZ BIEN QU'IL NE SUPPORTE PAS L'ALCOOL !
COMMENT ÇA JE NE SUPPORTE PAS L'ALCOOL ? VOUS VOULEZ RIRE ?
C'EST PAS VOTRE TRUC AU MIEL QUI VA ME FAIRE PEUR !! J'EN AI BU D'AUTRES !!
HÉ, TU ES FOU ?! FALLAIT PAS EN BOIRE AUTANT, TU VAS ÊTRE MALADE !!
EH BEN, FAUT RECONNAÎTRE QUE POUR UN PARISIEN IL A UNE BONNE DESCENTE !
HA! HA! VOUS ME FAITES MARRER LES GARS, C'EST DE LA RIGOLADE POUR MOI !
HÉ, QU'EST-CE QUI'L T'ARRIVE LUCIEN ?. ÇA VA PAS ?
HOULALA... IL EST TOUT PÂLE SOUDAIN !.
T'AS RAISON, IL EN FAIT UNE TÊTE !. TU NE TE SENS PAS BIEN LUCIEN ?..
UN P'TIT COUP MON GARS ?
CÔOT
BÊÊÊ
TCHAC
BZZZZZ
YAP YAP
CROUIII
MEUUHH
GLOU GLOU
TOC TOC
BZZZZZ
POT POT POT
ON PEUT ENTRER ?
ET LE LENDEMAIN...
HOUHOU... RÉVEILLE-TOI MON VIEUX, IL EST DEUX HEURES DE L'APRÈS MIDI !! ÇA VA MIEUX MAINTENANT ?
HMM ?
OÙ SUIS-JE ?.. QU'EST-CE QU'IL S'EST PASSÉ ?.. C'EST BIEN TOI NANARD ?
MAIS OUI, TU ES CHEZ MOI, À LA CAMPAGNE... TU ES VENU TE REFAIRE UNE SANTÉ.
TU RENTRERAS PLUTÔT DEMAIN PARCE QUE TON TRAIN EST À 3 HEURES..
COMME ÇA, TU POURRAS VENIR AVEC MOI AU MARIAGE DU BOUCHER !
HEIN ?! UN MARIAGE AUJOURD'HUI ?! HA NON JE RENTRE À MALAKOFF. MON TRAIN PART DANS UNE HEURE ?
VITE !! IL FAUT QUE JE ME DÉPÊCHE NANARD !

ET PLUS TARD...
BEN DIS DONC, ÇA A PASSÉ VITE TU NE VEUX PAS RESTER PLUS LONGTEMPS, T'ES SÛR?
MERCI MAIS FAUT Y ALLER DOUCEMENT AU DÉBUT!
PAR CONTRE, TOI, SI TU NE VAS PAS PLUS VITE, JE VAIS RATER MON TRAIN
MAIS VAS-Y KLAXONNE, FONCE DANS L'TAS! TU VOIS BIEN QU'ELLES LE FONT EXPRÈS... HA, LES VACHES!
C'EST UN SIGNE ÇA, LUCIEN!! LA CAMPAGNE NE VEUT PAS QUE TU PARTES!..
OUAIS, BEN TU DIRAS À TA CAMPAGNE QU'ELLE M'OUBLIE UN PEU... J'AI RENCART AVEC LA BANLIEUE!
ET VOILÀ, ON EST ARRIVÉS! T'AS VU MA CONDUITE "SPORT", SENNA PEUT TOUJOURS S'ALIGNER!!
C'EST ÇA, BRAVO!! J'Y VAIS, SALUT NANARD!!
ATTENDS! JE T'ACCOMPAGNE JUSQU'AU TRAIN!
VROOOOMM
HÉ! MAIS IL S'EN VA?!
ATTENDEZ-MOI! FAITES PAS LES CONS!!
OUF! C'EST PARTI! ALLEZ, À LA PROCHAINE NANARD!
SALUT LUCIEN!
BON VOYAGE ET SALUE BIEN LA CAPITALE POUR MOI!
LE LENDEMAIN...
HÉ! MAIS C'EST LUCIEN?! ARRÊTE-TOI GILLOU!!
QU'EST-CE QU'IL DEVIENT ÇA FAIT UN BAIL QU'ON NE L'A PAS VU?!
TU VIENS AVEC NOUS, ON VA VOIR UN MATCH DE FOOT!!
MERCI LES GARS, C'EST SYMPA MAIS PAS AUJOURD'HUI... J'AI UNE MIGRAINE PAS POSSIBLE!..
ET PUIS J'AI MAL AU FOIE!..
ET JE VOUS DIS PAS LES COURBATURES!
UNE AUTRE FOIS PEUT-ÊTRE, QUAND ÇA IRA MIEUX!
BEN DIS DONC, J'AI L'IMPRESSION QU'IL NE VA PAS FORT LE PÈRE LUCIEN EN CE MOMENT!
EN EFFET, IL A VRAIMENT BESOIN D'UN PEU DE VACANCES...
LE WEEK-END PROCHAIN ON VA LUI FAIRE UNE SURPRISE, ON L'EMMÈNE À LA CAMPAGNE...
F. Margerin. 10.88
FIN

DU MÊME AUTEUR

CHEZ LES HUMANOÏDES ASSOCIÉS
FRANK MARGERIN PRÉSENTE
TRANCHES DE BRIE
RICKY BANLIEUE
VOTEZ ROCKY
BANANES MÉTALLIQUES
RADIO LUCIEN
RICKY VII
CHEZ LUCIEN
LULU S'MAQUE
LUCIEN SE MET AU VERT

CHEZ ALBIN MICHEL
Y'A PLUS DE JEUNESSE

CONCEPTION GRAPHIQUE : AIR STUDIO
MARGERIN
LUCIEN SE MET AU VERT

PREMIÈRE ÉDITION : 1989 - LES HUMANOÏDES ASSOCIÉS

ACHEVÉ D'IMPRIMER EN NOVEMBRE 1989
SUR LES PRESSES DE L'IMPRIMERIE JEAN LAMOUR A NANCY

ÉDITION BROCHÉE
I.S.B.N. 2-7316-0728-9
41-16-0432-01

ÉDITION CARTONNÉE
I.S.B.N. : 2-7316-0729-7
41-17-0433-01